KB004145

꿈꾸는 봄날

꿈꾸는 봄날

지은이 · 이금진
펴낸이 · 유재영
펴낸곳 · 주식회사 동학사

1판 1쇄 · 2019년 5월 10일
출판등록 · 1987년 11월 27일 제10-149

주소 · 04083 서울 마포구 토정로53 (합정동)
전화 · 324-6130, 324-6131 | 팩스 · 324-6135
E-메일 | dhsbook@hanmail.net
홈페이지 | www.donghaksa.co.kr
        www.green-home.co.kr

ⓒ 이금진, 2019

ISBN 978-89-7190-680-4 03810

꿈꾸는 봄날

이금진 시조집

Sijo Poems by Lee Keum jin

 동학사

차례_ 이금진 시조집

1

2

5

1

모닝커피

순간에 날아 온 카톡의 한 말씀
"그대를 사랑합니다" 이 황홀한 거짓말은
그 여자, 머그잔에서
참말인 듯 속삭입니다

남몰래 생긴 새로운 배후 때문에
설거지, 청소기, 세탁기 돌리는 것
모두가 신나고 즐겁고
싱숭생숭합니다

누구나 착각은 못 말리는 자유입니다
언제부턴가 내일을 기다리는 순진한
그 여자, 삼박자 커피맛
오늘따라 달달합니다

9

레시피

식탁 위 카톡새가 들썩이며 울고 있다
서울 간 딸내미가 보내 준 레시피
동그란 피자도 있고
햄버거도 들어있다

오늘도 새 한 마리 요란스레 울어 대고
언니가 보내 준 된장찌개 레시피
뚝배기 보글보글 끓는
그리운 고향의 맛

시도 때도 상관없이 울어 대는 카톡새
짝꿍이던 동창생 수다 한 판 레시피
반갑다, 깔깔거리며
추억을 연주해주네

감은사지

천 년 전의 신라가 천 년 전의 역사가
마른 바람 나부끼는 황량한 벌판에서
동탑과 서탑이 되어
오누이처럼 다정하다

눈앞에 파도가 일렁이는 감포 앞바다
아들, 딸이 늙으신 부모를 봉양하듯
아득한 수릉을 지키며
문지기처럼 서 있다

겹겹 시간을 돌아온 누구의 환생일까
제국을 다스리던 금관자락 고이 물고
바위섬 주위를 도는
바닷새 한 마리

개망초꽃

개망초 바람결에
훠이훠이 춤을 춘다

친정아버지 무덤가에
안부처럼 피던 꽃

여름날
모시적삼 입으신
생전의 당신 모습

풍경

바다가 그리워서 파도가 그리워서
멀뚱멀뚱 두 눈 뜨고 마른 울음 울고 있는
처마 밑, 등 푸른 물고기
저 청동 물고기

햇볕이 안아주고 바람이 달래어도
날마다 야위어가는 애처러운 가시고기
어쩌다 절간까지 와서
이렇게 울고 있을까

오늘은 또 엄마가 그리워서 우는 것일까
온 산에 알록달록 단풍잎 쳐다보며
눈동자, 빨게 지도록
흔들리는 물고기

지심도 동백

해마다 붉은 혼불 아우성치는 지심도
가랑비에 몇날 며칠 젖어 울던 푸른 잎
밤새워 심지 올렸나
등마다 환한 꽃불

총부리 앞 풀린 고름 여미지도 못한 채
서럽게 통으로 떨어지는 꽃숭어리들
필 때도 질 때도 한결같은
불멸의 혼, 동백

아빠의 하루

정리해고 당하고 온 삼남매 아빠는
한겨울 새벽 교회 종소리 울릴 즈음
엄마가 싸준 도시락 들고
날품팔이 간다

공사장 뼈대로 세워진 철근 사이
언 벽돌 짊어지고 허리 굽혀 오르며
아이들 웃음소리 담아
회색 빌딩 쌓고 있다

그날 밤 시멘트가루 분칠한 옷 안으로
몸에 핀 멍꽃 감추고 골목길 돌아오는데
배부른 만삭의 달이
뒤뚱거리며 따라 온다

무명가수

단골처럼 나타나는 마천장터 그 사람
몸뚱이는 염하듯 고무판에 묶인 채
두 손에 얼룩 운동화 신고
트로트가락 흥겹다

주름진 녹슨 깡통 직립하는 은빛동전
고맙습니다 어눌하게 고개 숙인 무명가수
한나절 장바닥 돌며
오체투지 탁발이다

자화상

꿈속인가 전생인가 본 듯한 여자가
화장을 고치며 거울 속에 앉아있다
아무리 생각해 보아도
떠오르지 않는 얼굴

옷깃만 스쳐도 인연이라고 하는데
익숙한 길가에서 만났던 것일까
낯익은 저 여자는 누군지
통성명을 해볼까

알 듯 말 듯 한 얼굴 자세히 쳐다보니
봄꽃처럼 화사했던 그 시절 다 살라먹고
이마에 계급장 단 여자가
싱겁게 웃고 있다

염씨 노인

활처럼 등이 굽은 달동네 염씨 노인
삐거덕 손때 묻어 골동품 된 리어카에
공들여 천불천탑 쌓듯 파지탑을 쌓고 있다

하루치 노동의 대가 새털처럼 가볍지만
북에다 두고 온 복사꽃 아내 생각에
은행문 드나들면서 날숨 쉬고 있다

분단 척추 나사못으로 곧추세운 날이 오면
고향 가는 새벽기차 한걸음에 달려가리
하늘엔 어머님 뵌 듯
봉긋 오른 하얀 반달

친애하는 순남씨

시 공부 하러 오는 민낯의 순남씨
문학교실 마치며 립스틱 묻은 커피잔
양손에 켜켜이 들고 다용도실로 향한다

아들은 한의사, 딸내미는 약사
애지중지 반듯하게 잘 키운 두 남매
엄마는 겸손과 배려가
몸에 밴, 멋진 시인

꿈꾸는 만학도처럼 손때 묻은 가죽 가방
너른 품새 꼭 껴안고 환하게 걸어오는
순남씨 끝없는 하심을
늘 나는 닮고 싶다

쓰시마 섬

- 덕혜옹주

오소소, 갯바람 설고 말도 설은 담벼락에서
이제 막 벙그는 목련, 턱을 괴고 서있다
해질녘 간절히 기도하는 한 소녀의 바램처럼

섬 두엇 보듬고 일렁이는 현해탄 너머
그립고 그리운, 어룽진 조선왕실
조국을 절규하는 왕녀
가갸거겨 구규고교

"잊지 않겠습니다" 나라 잃은 이 설움을
이즈하라 골목에서 간간이 들려오는
아리랑, 아리랑 아라리요
우리의 얼과 혼이다

만다라

아홉내골 잿빛 부엉이 온몸으로 우는 밤
먹기와 이끼 낀 성흥사 종소리
백자달 대장동 계곡물에
자화상을 그리는

처마 밑 청동 물고기 바람경전 넘기고
다락 논 청개구리 휘모리 자진모리
판소리 마당놀이가 걸쭉하고 구슬픈

댓돌 위 묵언하는 검정 고무신 한 켤레
조그만 나뭇잎 하나 가만히 내려앉아
활짝 핀 송이 만다라를
돋을새김 하고 있다

2

우리집 당파 싸움

티브이가 밥상머리에 군식구로 끼였다
옥신각신 당파 싸움 뉴스가 나오고
덩달아, 또 시작이다
이권 없는 남매 다툼

좌, 우파 얼굴빛이 울긋불긋 단풍물이다
숟가락, 젓가락은 일어나 말춤 추고
밥알은 튀어나오더니
공중분해를 한다

승패가 보이지 않는 우리집 닭싸움
오늘 저녁 식사 분위기를 또 깨는 저 녀석을
재활용, 쓰레기통에
냅다 버릴까 말까

봄날

환기를 시키려고 유리창을 열었다
바람꽃 한 잎 두 잎 자진해 출두하고
책상 위 퇴고한 시들이
손뼉 치며 뛰어 다닌다

베란다 수선화는 부끄러워 고개 숙였다
종이컵은 엎어져 대동여지도 그리는데
지금 막 사워를 한 걸레가
"왜 나는 휴식도 없니?"

영화, 재심

스크린에는 생사격투 붉은 피가 흐른다
약자의 불행을 편집하는 마술사
변호사 한 판 뒤집기는 소문난 달인이다

살인누명 쓰고 수감 된 15세 소년
그 멍에를 벗겨준 청렴결백한 대쪽 같은
저문 날 익산 약전오거리
영웅노을 붉게 탄다

짝사랑하는 아들 따라 영화 보러 왔다가
젊은 날 추억 한 장 커피 잔에 아롱거리고
전생의 연인과 데이트는
영원한 해피 엔딩

절터에서

분주한 초록 산빛 새벽보다 먼저 일어나
아침나절 탑돌이 하는 문창포 비린 내음
등짝을 슬쩍 떠밀며 지킴이 노릇한다

임진왜란 상흔을 증언하는 우직한
늙은 민불 살기 좋은 세상을 꿈꾸며
싱긋이 웃는 듯 우는 듯
이방인처럼 서 있다

여름날 주인 잃는 성주사 절터에서
온몸으로 일렁이다 소신공양 올리는
개망초 무리들이여
저 하얀 군중들이여

개똥벌레

담 낮은 토담집 마당 모깃불 매캐한데
오누이 손바닥에 반디 하나 올려놓고
후우우 누가 멀리 가나
입김을 불고 있네

밤하늘 떠돌이별 별똥으로 쏟아지고
짝을 찾는 반디들의 어둠속 불꽃놀이
대숲엔 도깨비불 같은
혼불이 떠도네

장날

보따리 머리 이고 한 노파 장에 가고
예닐곱 가시나 때때옷 사준다는
할매 뒤 그림자처럼
폴짝폴짝 따라갑니다

장터에 웅크리고 앉아서 장사하는
시들해진 푸성귀를 물끄러미 쳐다봅니다
할매는 파시가 되어
엉덩이 툭툭 털고

가시나 손을 잡고 옷가게 들어갑니다
알록달록 꽃문양 원피스 품에 안고
남동생 엄마 생각하며
함박꽃이 됩니다

빵

1

강원도 횡성가면 심 순녀 안흥 찐빵
기차 여행 할 때는 천안 호두과자
삼사월 군항 진해에는
벚꽃 빵이 핍니다

2

경주 황남동에 가며는 최 영화옹이
반세기 동안 전통의 맛을 그대로 지켜 온
황남빵 빗살무늬 도장이
꾹꾹 찍혀있습니다

3

섬과 섬을 이어주는 장보고 대교지나
완도 달스윗 카페 한 번 들려보세요
전복이 통째로 들앉은
장보고 빵 있습니다

어머니

1

네잎 크로버 밟으며 꽃목걸이 만들던
3월 삼짇날은 간장된장 담그는 날
보퉁이, 보퉁이 싸가져 와
풀어 놓던 아련한 손맛

2

금생인연 다 되었는지 안녕이란 인사도 없이
끊어진 연이 되어 어디론가 날아가고
오늘은 당신의 생일날
아는지 모르시는지

3

밤하늘 반짝이던 소금별 하나가
조용히 내려와 정수리에 앉는다
어머니 고귀한 그 이름
그대를 사랑합니다

〈와온의
우리시
유재영

정교한 언
지……(신
시인은 을
으로 알려
시 44편으

이미지의 굴절로 바라본

철학은 구체적
다. 예컨대, 시
라 존재체의

ㅣ 저녁〉이후 8년 만에 만나는

ㅐ 대표적 서정시인

새 시집 '구름 농사'

어, 신경의 예리, 관조의 총혜, 선명한 이미

경림) 시와 시조를 통틀어 이처럼 감각적인

찍이 없었다. 우리시대 대표적인 과작시인

진 그는 8년 동안 갈고 닦은 주옥같은 서정

로 새 시집 '구름 농사'를 출간했다.

근의 시학 – '구름 농사'

인 것을 추상(개념)화 하고 시는 추상(관념)적인 것을 형상화한

는 둥근 과일처럼 만질 수 있고 묵묵해야 하며 의미할 것이 아니

나는 매클리시(Archibald MacLeish)의 말(신범)은, 시는 관념의

그 해, 가을 입구

가로등이 졸고 있는 어둠의 기슭에서
어머니 저승 갈 때 입고 가신 수의 같은
옷 한 벌 베란다에 숨겨둔
다 늙은 왕매미

말뚝에 굴러도 이승이 좋은 것을
촘촘히 매연 낀 방충망을 끌어안고
부르는, 기인 장송곡은
새벽잠 깨운다

그 해, 처서 날에 쭉정이 된 몸으로
먼 나라 간 어머닌 뭘 먹고 사시는지
궁금해 휴대폰을 했더니
통화 불가능 회신이 온다

대장경로당

깃털 빠진 은빛날개 반짝이는 마당에서
자질구레한 이바구 담뿍 실어 갸우뚱대던
유모차 질서정연하게 주차 시켜놓았다

저게는 효자아들 자랑에 침이 튀고
요게는 막내딸 안부전화 주름꽃 피고
가운덴 고스톱 국민오락
한 판 승부 즐겁다

생불님 상차림하다 지각한 굽은 등 하나
골목길 쓸고 오다 허리 한 번 쭈욱 펴고
우짜노 이넘의 상팔자를
복이 넘쳐 탈이제

방

촌스런 꽃무늬 벽지 살랑살랑 춤추는 방
한 켠에 오두마니 앉아 있는 반다지
할머님 그 혼수품 위에
영정사진 놓여 있고

창호지 문 틈 너머 햇살이 자박 거린다
한 번도 뵙지 못한 할머님 방 앞에서
살며시 노크하고 들어가
무언의 대화 나눈다

손부는 문안 인사 메시지 날리고
꿈에서 뵌 할머님 하회탈 같이 웃고 있다
주저리 고달픈 삶이
개켜져 있는 그 방

바지랑대

빨랫줄에 오손 도손 걸려있는 한 가족
봄빛 블라우스 옆에 걸린 긴 바지
다리를 슬쩍 걸치고 하품하며 졸고 있다

큰형 윗도리엔 개구쟁이 막내 동생
구멍 난 양말 한 짝이 빨래집게 집힌 채
눈물을 뚝뚝 흘리며 벌을 서고 있다

식구들 몸무게만큼 무거워진 빨래이고
하늘 향해 저항하는 힘겨운 바지랑대
혼자서 휘청거리며 가는
아버지를 닮았다

소통

산 자와 죽은 자가 소통하는 침침한 곳간
앞니 빠진 낫 한 자루, 모가 닳은 호미는
죽음을 기억 못한 채 나란히 누워있다

갑골문자 벽 틈으로 새어 든 찬바람은
빈 키를 까닥까닥 쉴 새 없이 까불어대고
길양이 허락도 없이 주인 행세를 한다

민속박물관 구경 오듯 주말마다 찾아오는
아들손자 외다리로 힘들게 서 있는
지게를 부축하다가
할아버지 영상을 본다

3

옥상 텃밭

단층집 옥상에는 초록그림자 가득하다
호박꽃, 가지 꽃 시샘하듯 피고지고
유년의 남새밭처럼 아가들이 올망졸망

형제자매 모여 삼겹살 파티 하는 날
신선식품 되어주는 감사한 상치 깻잎
잠자리 바지랑대 앉아
멀뚱대는 입추 근처

깨 꼬투리에 고소한 향기가 발효 된다
부지런함은 보배라고 자주 말씀하시던
아버지 천상의 목소리
어디에선가 들려오는

윤오월

축담 위 진흙 묻은 신발 두 짝 벗어 놓고
흰 국화 이슬 맺힌 꽃길 따라 먼 데 가신
그 분의 산 아래 천수답은
노란색 민들레 마을

제비꽃은 씨방자루 둘러메고 섰는데
칡나무 꽃등을 들고 어서 오라고 손짓하는
그 틈새 해바라기하는
여벌 달 윤오월

마천리

비 개인 뒤 영혼이 비칠 듯 한 도랑가
흰 옷 입고 빨래터에 언제쯤 오셨는지?
어머님 방망이질을
똑딱 똑딱 하신다

들마루 걸터앉아 졸고 있던 효자아들
대장동 골짜기 풀국새 풀국풀국
목 놓아 우는 소리에 살푼 눈을 떴다

수 년 만에 뵈옵는 반가운 그 얼굴은
저녁 안개 속으로 손살 같이 달아나고
돌돌돌 자장가처럼
조약돌만 구른다

저승꽃

해우소 가시다 허방을 짚은 아버지
놀란 가슴 달래며 황급히 일어서다
이마에 시푸르죽죽
피멍이 들었네요

저승꽃 핀 얼굴에 멍꽃도 한 송이 피고
저승사자 온 줄 알고 혼비백산 사색되어
저놈을 당장 쫓아내라며
빗장을 거시네요

아래뜸 마실 나간 엄니 찾던 아버지
검둥개 낯달보고 컹컹컹 짖는 소리에
걸음아 나 살려 라고
맨발로 뛰어 오네요

화이트 빨래방

먼 나라 이웃나라 즐거운 여행을 하고
돌아 온 캐리어가 현관문에 들어서자
볼록한 배를 열어서 하나하나 던져 놓는다

중국 발 황사를 뒤집어 쓴 청바지
메콩강 기슭에서 모래알을 담아 온
어룽이 운동화 한 켤레가 얼굴을 내밀고

티베트 라싸에서 휘날리던 머플러
몽골 초원에서 따라온 풀씨 서너 알
덤으로 인도 사람들이 준 느림의 미학까지

입이 큰 다용도실 세탁기가 뱅글뱅글
하늘을 굴렀다가 바다를 굴렸다가
숨 가쁜 굴렁쇠 따라 온 지구가 돌고 돈다

열손가락 지문

골목길 안쪽에서 도장 파는 박씨 노인
돋보기 안경으로 훈민정음 자음과 모음
글자가 반듯하게 들어와 각과 각을 세우고

조각칼은 물푸레나무 속살을 밀어내어
나무심장을 터주고 나무 혈을 돌게 했다
일평생 나무의 결을
매만지며 살아 온 손

열손가락 지문이 음각된 쉼터에는
새들이 지저귀고 숲속향기가 흐르고
한 노인 그 숲속에서
나이테를 세고 있다

503호

아오자이 팔랑이며 베트남에서 시집 온
503호 꽃 스물 새댁 낯설고 물설어
온종일 엄마 생각에
눈물짓곤 하던 안나

어느새 남산만한 배불뚝이 되었네
늙은 신랑 앞에 서서 서투른 말씨로
아가야, 배를 쑤욱 내밀며
볼우물 띄운다

오매불망 손자를 기다리던 노모가
구해 온 재활용 꼬마승용차 한 대
새 주인 기다리면서
그 집 앞에 서 있다

함안댁 책가방

이름도 성도 쓸 줄 모르던 함안댁이
분바르고 연지 찍고 립스틱도 바르고
늦깎이 초등학생 되어 마을회관 간다

기역니은 환하게 까막눈 떠지는 날
노인연금 찾으러 은행문턱 넘어 보고
혼자서 도시 사는 자식들
아파트도 잘 찾아 간다

세상을 읽을 수 있고 볼 수 있게 되어
저승길 여행을 편안하게 갈 수 있다는
팔순에 꽃이 활짝 핀
구부정한 고목나무

장독간

빗살무늬 옹이처럼 박혀있는 조각기와
장독간 담언저리 키순대로 늘어서서
채송화, 봉선화 맨드라미 이웃들과 정을 나누는

어머님은 사명감인양 바다에서 시집온
소금과 메주를 합방시켜 장 담그고
봄 햇살 꼼지락거릴 즈음 그 손맛 익어간다

종가집 사철밥상 바라지한 옹기일가들
빗물에 갓 목욕한 때깔 나고 두루뭉술해
뒤태가 만삭의 촌부처럼 볼수록 정겹다

스물의 꽃봉오리로 시작한 시집살이
두어 평 남짓 장독에서 대물림 되었고
여든에 이르르서야
멍에를 벗은 종부

두동마을

허수아비 하나 둘 워킹하며 패션쇼한다
참새 가족 신기해 이삭 줍다 구경하는
한바탕 가을축제가 끝나버린 텅 빈 들판

경운기 나락포대 고봉으로 싣고서
묵은 때 시루떡처럼 켜켜이 쌓여있는
정미소 양철지붕 아래로 구슬땀 흘리며 온다

어릴 적 아픈 상처 슬픈 기억 달래며
동네 지킴이로 살아가는 외팔이 김씨
집으로 돌아오는 발걸음
타박타박 엄마 생각

풀씨

콩밭에 이웃사촌 달갑잖은 도꼬마리
옷자락에 찰싹 붙어 온데 따라 다닌다
가을 볕 고추 따러 갔다가
무밭으로 배추밭으로

땀내 나는 수건으로 아무리 두들겨도
안방까지 끈질기게 따라오는 요녀석을
오늘밤 한 번 해 볼 겨
너 죽고 나 살고

동강 할미꽃

절벽을 기대고 홀로 핀 동강 할미꽃
전사한 자식을 가슴에 묻고 사는
외할매
외할매 닮은
저기 저, 잉크 빛 상처

슬프다 푸르디 푸른 저 눈물샘 어쩌랴
날마다 한숨지우며 서럽게 훌쩍이는
내 맘 속, 빛바랜 사진 한 장
쪽진 머리 정갈한 모습

도장공

하늘 한 번 올려다보고 이 하루를 부탁해
아찔한 낭떠러지 이까짓 두려움쯤
허공을 떡 주물 듯 하는
각설이 닮은 저 남자

종일토록 목숨을 공중 그네 앉혀놓고
식솔들 밥그릇인 듯 페인트 통 그러안은
도심 속 우중충한 벽을 날아다니는 슈퍼맨

바람도 깃들지 않은 처마 없는 처마 밑에서
또 다시 동아줄 꽉 움켜쥔 외가닥 삶
저무는 장천 부둣가에
찰방대는 황금 놀

4

위양못

일주지, 이주지, 안동 권씨 일가들이
사방수반에 결합하여 꽂아놓은 가지들
그 사이 기세등등한
푸른 소나무 한 그루

오아시스 타고 뱃놀이하던 오리남매
기웃등 기웃등 바람씨가 스친다
사방화, 마구 흔들린다
이팝꽃은 하르르 하르르

엄마는

순박한 소녀가 된 구순의 엄마는
언제부턴가 딸보고 뉘시오 하다가
누구네 새 각시일까 곱기도 하지 하다가

천륜은 어쩔 수 없어 내 두 볼을 쓰다듬다가
뜬금없이 내일모레 오라버니 자가용 타고
서울로 시집을 간단다 저 일을 어쩌나

병원문 나서면서 잿빛 하늘 올려다보고
아버지 엄마가 또 시집을 간데요
껄껄껄 너털웃음소리
달팽이관을 흔든다

할머님 혼수품

그녀가 가마 타고 시집 올 때 따라 온
가락을 읊는다는 오동나무 반닫이
거실에 가부좌 틀고 주인처럼 앉아 있다

흑백 사진 한 컷에서 뵌, 단아한 그 모습
문익점 후손인 남평 문씨 가문의 여인
그리운 어머님 평산 신씨
손부는 경주 이씨

먼 먼, 이름 없는 한 장인의 솜씨에는
각성받이 여인들의 손때가 반들거리고
삼대 째 펑퍼짐한 여자는
할머님 뵌 듯 그 앞에 섰다

오세암 가는 길

공양미, 마른 미역 한 봉지 오이 두 개
마음 한 덩이 바랑에 쟁여서
길 위의 순례자처럼
도반 뒤를 따라 간다

백담사 계곡, 돌탑에 포개 놓은 조약돌들
영시암 불단에 복전 한 푼 올리고는
소쿠리 똘망한 찐 감자
한 알 집어 들었다

만해가 오르며 두런두런 시를 읊던
적요한 그 산길을 오르고 또 오른다
아무런 걱정도 없이
빈 하늘 흰 구름처럼

장터, 봄

봄, 봄을 담아내온 경화장 모퉁이
씀바귀 냉이 달래 보자기에 뉘여 놓고
쑥 한 줌 덤으로 올려놓고
소꿉놀이하는 할머니

춘분 무렵 볕 길에 널브러진 초록빛을
긴 세월 여린 관절 장작개비 손으로
조몰락
조몰락 애물단지
자식인양 달래고 있다

서녘 놀 은총처럼 내려앉은 파시 장터
꼬깃한 지폐 몇 장 보물인 듯 앞에 두고
저승꽃 송이송이 핀 얼굴
그 얼굴에 눈썹달 떴다

이슬

돌돌돌, 이슥토록
물레를 잣던 긴 다리 거미

달그락, 새벽부터
기도하듯 염주 꿴다

백팔의 염주를 꿰다가
천주를 꿰다가

입춘 즈음

베란다 안쪽에서 검은 이불 뒤집어쓰고
겨우내 잠만 자던 천덕꾸러기 양파
어느 날 주름 잡힌 이마에
연두 뿔 두 개 났다

저 놈의 뿔을 본 엄마도 뿔이나
모래판 소싸움 하듯 팽팽하게 겨루는데
매운탕 끓이던 아빠가
빤히 쳐다본다

우도 사람들

제주도 사람들은 소를 닮았다 하고
그 섬, 사람들은 물소를 닮았다 하는
태고의 사화산 전시관
섬 속에, 섬 하나

육지에서 문학기행 온 새하얀 문학청년
혼자 옵서예 걸으멍 쉬멍 먹으멍*
올레길, 시어를 줍다가 단상을 줍다가

진종일 소등타고 노닥대던 해시계는
뉘엿뉘엿 성산 일출봉 비탈길을 넘어가는데
이중섭 화백을 깨우는
허기진 숨비소리

---

* 제주도 사투리: 걸으면서 쉬면서 먹으면서

안개꽃

호숫가 물안개처럼 고요히 피어나는 꽃
사시사철 한결같이 평범한 모습으로
언제나 뒷자리에서 있는 듯 없는 듯

화려한 가시장미 그늘에 가리워도
자꾸만 배시시 웃고 있는 바보 같은
조연을, 주연보다도
더 원하는 색깔 없는 꽃

고귀한 자태를 갖추지는 못했지만
꽃길을 알록달록 꾸밀 순 없지만
청초한 네 이름 같은
세상이 나는 그립다

미조항

옴팍하게 들어앉은 미조항의 노동요
에헤헤 계절풍 따라 너울너울 춤사위 하는
구릿빛 어우렁더우렁 은멸치 낭자하다

만삭의 괭이갈매기 텃세는 왁자하고
팽나무 소사나무 졸참나무 방부림 너머
바다엔 종이배 같은
낮달 한 척 파도를 탄다

유월

어머니가 애타게 부르던 소년병
남과 북 동강난 풀숲에 홀로서서
저 멀리 북녘 땅 바라보며
넋을 놓고 서있다

오늘은 백발 되신 부모님께 큰절 올리려
녹슬은 철조망대문 활짝 열어 놓은 채
개망초 꽃가마 타고
흔들흔들 고향 간다

경화역

봄꽃은 고운추억 차곡차곡 개켜 둔 채
다시 오마 약속 없이 어디론가 떠나가고
철길엔 낙엽만 쌓여
또 한 해를 거둔다

벤치에 헐렁한 츄리닝 바지 입은
하얀 노인 혼자 앉아 멀리 허공 바라보며
먼저 간 아내가 그리워
눈가에 이슬 맺힌다

텔레비전

안방에서 면벽하고 앉아 있던 네모상자
번쩍, 득도 했는지 금강산 드나들며
봄여름, 가을 겨울 사계절
여행을 하고 있다

가족들이 옹기종기 모여 있는 저녁시간
백과사전 되었다가 만물박사 되었다가
뉴스는 세상을 이끌고
사람을 깨우치고

5

모란이 피다

달님이 남몰래 마실 나온 비밀정원
키 작은 채송화는 잘난 척 수다 떨고
공손히 경청하고 있는
와인빛 여인

아버님 평생을 곁에 두고 바라보시던
우아한 연인 같은, 영랑이 부르던 이름
오월이 뚝뚝 지고 있는
찬란한 슬픔의 봄을*

---

* 김영랑 : 모란이 피기까지는 인용

순대 국밥집

구포장터 귀퉁이 간판 없는 순대 국밥집
단골자리 어르신 네댓 뚝배기 밀어주며
북쪽의 억센 사투리로 건강안부 묻는다

흙밥 되신 부모님 생각에 한숨 쉬다가
남하 할 때 고사리 손 흔들어주던 외아들
지금쯤 어떻게 되었을까?
하염없이 먼 산 본다

공작나비 나풀나풀 국경을 허무는데
아득한 금단의 땅, 갈 수 없는 그 곳
실향민 일 세대들은
외로이 저물어 간다

소나기

백련지 초록 우산 위 떨어지는 소낙비
새언니 생솔가지 연기 꽃에 눈물 훔치며
한 사발 가마솥에 콩 담아
타닥타닥 볶는 소리

빨강 파랑 양철지붕 위 쏟아지는 장대비
그리운 연인 품듯 가슴에 밀서 품고
길림성 송화강변 달리는
선구자의 말발굽 소리

밭담

아마도, 그 시대쯤, 다골증을 앓았나봐
구멍, 숭숭 뚫린 상처 많은 돌멩이들
서로가 토닥이면서
포옹을 하고 있다

그 틈새 간들바람 하릴없이 들락대고
나즈막한 밭담에 기대선 유채는
누구를 애타게 기다릴까
한라산을 바라보면서

중고차

종처럼 부려먹던 10년 지기 하얀 애마
말밥굽이 닳고 닳아 아프다고 절뚝거려
통장에 잔고를 털어 갈아준 네 발굽

까만 새 구두가 좋아 천방지축 날뛴다
행여나 사고 낼까 고삐를 당겨본다
두 켤레 신발 선물에
복종하는 늙은 애마

오늘은 아침부터 봄바람 났는지
꽃구경 가고 싶다 자꾸자꾸 보챈다
씽 씽 씽 매화꽃 보러
광양으로 달려간다

추수 감사절

적막한 오막살이 늙은 감나무 한 그루
살포시 내리는 이슬비에 세안하고
말개진 잔가지 접시마다
연시를 담았다

청잣빛 나라에서 화평하게 살고 있나니
조상님께 경배하며 감사기도 드린다
님이여 배부른 가을을
이듬해도 주소서

북천역

때 이른 코스모스 키 재기하는 간이역
하모니카 기차가 화개장터 지나서
우리들 새콤달콤한
계절을 싣고 온다

빛바랜 앨범 같은 오래된 역사驛舍에는
그립고 애틋한 낙서가 흩어져 있다
젊은 날 초상화처럼
행복한 순간들이여

시화전

호박문학* 호박들 경진대회 하는 날
초록둥이 누렁덩이 왕 누렁덩이 차례대로
시루봉 보타닉뮤지엄** 잔디밭에 나앉았다

엄지 척, 뙤약볕에 고개를 치켜들고
바스락, 가을을 몰고 가던 하늬바람
잰걸음 잠깐 멈추고 한 바퀴 휙 돌아본다

누구를 뽑을까 고민 고민 하다가
저어기 모퉁이에 엉거주춤 서 있는
앞짱구 어깨를 토닥인다
와, 대상이다 추카추카

---

* 진해장애인복지관 운영
** 진해 생태만 숲

친정집

담장에서 눈치 보며 엎혀살던 나팔꽃
밤마다 넝쿨손이 초록성을 쌓더니만
이제는 신 새벽부터
기상나팔 불고 있다

바람새가 빗질하고 간 널따란 마당에는
산까치 부부가 감나무에 앉아서
사랑을 속살거리다
입맞춤 하고 있다

어머닌 치맛자락 젖은 손 물기 닦으며
행여나 시집 간 외동딸 친정 올까 봐
철대 문 활짝 열어 놓고
밖을 내다 본다

소록도에서

– 한센병

싸늘한 단종대 누워 갈수 없는 고향집
어머니를 생각하며 자유로운 새가 되어
훨얼훨, 하늘을 날고 싶던
아, 가엾은 젊음들이여

한 세기 역사를 까맣게 잊은 듯이
해묵은 성당에서 영혼을 달래 주는
고요한 복음 미사가
정맥을 타고 흐른다

저 너머 소금 꽃 하얗게 피어나는
둘레길 따라 손가락 없는 주먹손으로
필리리, 보리피리 불며
산책하는 전동차 한 대

액자

늦둥이 딸아이가 습작한 그림 한 점
거실의 여백에 얌전히 걸려있다
밝아서 좋은 날
대청소 하는 날

창 너머 노랑나비 꽃구경 하러 오고
꿀벌은 달작지근한 꿀 따러 분주한데
반 고흐 지긋한 눈빛으로
해바라기 감상 한다

착한 해물탕

갯벌에서 일가를 이루고 살던 바지락들
올망졸망 갯바위에 엉켜 살던 담치 가족
용원동 새벽 어시장에서
공수해온 꽃게 새우

덤으로 올라온 나팔 부는 소라까지
따뜻한 정이 한소끔 끓어오르는
해물탕 주름진 냄비가
바다의 천국이다

진해루

멋진 사내, 속천항에 바람쐬러온 날일까
특설무대 의자들이 어깨를 맞대고
섹스폰 소리 들으며
꿈에 젖어 있다

섬과 섬 사이를 자맥질하는 별들
그리움 파랑 치며 한없이 달려오는
옛사랑 그대는 데니 보이
오, 나의 데니 보이

화杏花꽃 피는 마을

돌담에 장승처럼 서 있는 살구나무
연분홍 구름 떼가 온 동네 휘감아 돌고
고샅길 할머니 마중 나와 외손녀 기다린다

툇마루 책 보따리 휙익익 던져놓고
새콤한 살구 찾아 뜀박질 하던 단발머리
시렁 위 정물화 그려 주던
할머닌 무명 화가

하이얀 무명 앞치마 노을빛에 물들고
토방을 사뿐사뿐 오르던 헤진 버선코
해마다 살구꽃 피는
산골짜기 외갓집

해설

시 속의 생활, 생활 속의 시

이우걸(시조시인 · 전 한국시조시인협회 회장)

1.

지금 우리는 정보의 과잉, 수사의 과잉 속에 살고 있다. 여러 매체들이 시시각각 토해내는 뉴스에 익사할 만큼 혼란스러우며 또한 진실이 내재 되어있지 않는 언어들이 장소와 시간에 관계없이 화려한 표현의 옷을 입고 범람하는 현상을 목도하고 있다. 이런 때에 오히려 진실하고 단순하고 소박한 삶의 이야기를 일기장처럼 펼쳐 보이는 시가 있다면 어떤 독자라도 쉽게 감동하고 친해지지 않을까 생각한다. 「꿈꾸는 봄날」은 단순하고 소박하고 선한 마음의 풍경을 시조라는 고전적 그릇에 담아 놓은 시집이다. 따라서 이 시집을 읽는 독자들은 그의 현란한 수사, 새로운 사고, 첨예한 시적 감각 때문에 감동 할 수도 있겠지만 그것보다 지극히 선한 마음이 움직이며 빚어내는 일상의 가식 없는 풍경 때문에 더 감동하고 그리하여

이 시집을 아낄 것이라 생각한다.

2.

크게 네 가지의 카테고리 안에서 이금진 시인의 시세계를 일별할 수 있다. 그 네 가지 범주를 관류하는 마음은 선한 마음이며, 진솔한 마음이며, 소박한 마음임은 물론이다. 그리고 그 세목은 다음과 같다. 첫 번째로 들 수 있는 것은 가족애다. 이 범주를 확대하면 가족애적 세계관이라 할 수 있다.

식탁 위 카톡새가 들썩이며 울고 있다
서울 간 딸내미가 보내 준 레시피
동그란 피자도 있고
햄버거도 들어있다

오늘도 새 한 마리 요란스레 울어 대고
언니가 보내 준 된장찌개 레시피
뚝배기 보글보글 끓는
그리운 고향의 맛

시도 때도 상관없이 울어대는 카톡새
짝꿍이던 동창생 수다 한 판 레시피
반갑다, 깔깔거리며

추억을 연주해주네

– ①「레시피」전문

정리해고 당하고 온 삼남매 아빠는
한겨울 새벽 교회 종소리 울릴 즈음
엄마가 싸준 도시락 들고
날품팔이 간다

공사장 뼈대로 세워진 철근 사이
언 벽돌 짊어지고 허리 굽혀 오르며
아이들 웃음소리 담아
회색 빌딩 쌓고 있다

그날 밤 시멘트가루 분칠한 옷 안으로
몸에 핀 멍꽃 감추고 골목길 돌아오는데
배부른 만삭의 달이
뒤뚱거리며 따라 온다

– ②「아빠의 하루」전문

티브이가 밥상머리 군식구로 끼였다
옥신각신 당파 싸움 뉴스가 나오고
덩달아, 또 시작이다
이권 없는 남매 다툼

좌, 우파 얼굴빛이 울긋불긋 단풍물이다

숟가락, 젓가락은 일어나 맞춤 추고

밥알은 튀어나오더니

공중분해를 한다

승패가 보이지 않는 우리집 닭싸움

오늘 저녁 식사 분위기를 또 깨는 저 녀석을

재활용, 쓰레기통에

냅다 버릴까 말까

                    - ③「우리집 당파 싸움」전문

　세 편을 인용했다. 모두 가족애의 지극함을 보여주는
작품들이다. 작품①은 「레시피」란 작품이다. 우리 삶이
윤택해지면서 음식에 관한 관심이 점점 높아지고 있다.
그래서 티브이에는 요리와 관련된 연예 프로그램들이 생
기고 탈렌트의 인기에 버금가는 유명 셰프가 미녀들과
결혼하는 뉴스가 방영되기도 한다. 이 시조는 그런 생활
속에서 요리 정보를 카톡으로 주고받는 우리 시대의 친
화의 풍속도를 정겹게 그린 것이다. 여기에서 등장하는
딸, 언니, 동창생은 화자와 가장 가까운 거리에 있는 사
랑의 대상일 뿐 아니라 이물 없는 소통의 창구다. 이 작
품은 몇 번이고 거듭 읽어보아도 싫증나지 않는 봄볕 같
은 따사로움을 느끼게 된다. 작품②의 경우 시대의 그늘

이 드리워져있다. 정리해고가 자주 일어나는 불황의 계절에 가족부양을 책임지고 있는 아버지의 고통을 그려 놓고 있기 때문이다. 그럼에도 불구하고 이런 시련을 원망하거나 실의에 빠져있는 허무의 풍경으로 보이지는 않는다. 어머니의 도시락, 아이들의 웃음소리, 아버지의 등짐 그리고 멍이 그 분위기를 사랑과 극복의 이미지로 이어지게 한다. 작품③은 티브이 뉴스를 보면서 서로 다른 정치적 견해를 얘기하며 벌어지는 형제간의 논쟁을 익살스럽게 그려놓은 시조다. 단풍물이 든 좌, 우, 맞춤을 추는 숟가락과 젓가락의 주인공은 남매다. 그래서 화자는 저녁식사 분위기를 깨는 이 닭싸움을 없애기 위해 재활용 쓰레기통에 버리고 싶다고 토로한다. 이런 과정을 통해 식구들의 정은 깊어지고 그 유대가 단단해진다는 사실을 역으로 표현하는 시조다. 아울러 이 시집에는 많은 가족이 등장한다. 아버지, 어머니, 아들, 딸, 이모는 물론이고 외할매, 남동생, 손자, 손부까지 등장한다.

두 번째로 많이 등장하는 대상이 불교관련 소재다. 그의 일거수 일투족은 불교신앙과 깊이 관계되어있다. 그가 불경을 연구하고 스님의 세계를 동경해왔는지는 모르나 적지 않은 시간을 불교와 관련된 일에 바치고 있다. 실제로 성흥사 신심 깊은 불자이기도 하다. 그의 기도하는 마음이 붓다를 향하고 있는 것을 늘 보아 온 사람이라 확신 할 수 있다. 불교는 그의 생활이다. 따라서 그의 작품

곳곳에 불교적 상상력을 발견할 수 있는 것은 지극히 자
연스런 일이다.

천 년 전의 신라가 천 년 전의 역사가
마른 바람 나부끼는 황량한 벌판에서
동탑과 서탑이 되어
오누이처럼 다정하다

눈앞에 파도가 일렁이는 감포 앞바다
아들, 딸이 늙으신 부모를 봉양하듯
아득한 수릉을 지키며
문지기처럼 서 있다

겹겹 시간을 돌아온 누구의 환생일까
제국을 다스리던 금관자락 고이 물고
바위섬 주위를 도는
바닷새 한 마리

— ④「감은사지」 전문

아홉내골 잿빛 부엉이 온몸으로 우는 밤
먹기와 이끼 낀 성흥사 종소리
백자달 대장동 계곡물에
자화상을 그리는

처마 밑 청동 물고기 바람경전 넘기고
다락 논 청개구리 휘모리 자진모리
판소리 마당놀이가 걸쭉하고 구슬픈

댓돌 위 묵언하는 검정 고무신 한 켤레
조그만 나뭇잎 가만히 내려앉아
활짝 핀 송이 만다라를
돈을새김 하고 있다

　　　　　　　　　　　　　　　－ ⑤ 「만다라」 전문

바다가 그리워서 파도가 그리워서
멀뚱멀뚱 두 눈 뜨고 마른 울음 울고 있는
처마 밑, 등 푸른 물고기
저 청동 물고기

햇볕이 안아주고 바람이 달래어도
날마다 야위어가는 애처러운 가시고기
어쩌다 절간까지 와서
이렇게 울고 있을까

오늘은 또 엄마가 그리워서 우는 것일까
온 산에 알록달록 단풍잎 쳐다보며
눈동자, 빨게 지도록

흔들리는 물고기

　3편을 인용해 보았다. 불교적 상상력이 잘 발효된 아름다운 서정시이다. 작품④는 문무왕 수중왕릉과 감은사지 3층 석탑을 연결하여 노래한 시조로 수준 높은 서정시의 품격을 보여준다. 감은사지 3층 석탑은 신라 신문왕 때(682년) 화강암 이중 기단 위에 세워진 방형의 탑으로 동, 서탑이 구조가 같다. 이 작품에서 아들, 딸을 비유해서 늙은 아버지(문무왕)를 지키는 문지기처럼 서 있다고 표현하고 있다. 특히 셋째 수에 그려진 금관자락을 물고 바위섬(수중왕릉) 주위를 맴도는 바닷새는 지금은 사라진 옛 제국의 향수를 되돌아보게 하는 풍경으로 애련하게 읽혀진다. 작품⑤는 불교의 이상세계라고 할 수 있는 모든 덕을 두루 갖춘「만다라」의 모습을 보이고 있다. 제목이 크고 넓어서 쉽게 시화하기가 어렵다. 또 용기를 내어 써본다고 해도 관념으로 흐를 가능성이 많다. 그런데 이 시인은 만다라의 세계를 자연에서 읽어낸다. 장소는 성흥사다. 부엉이 우는 곳이다. 풍경은 바람경전을 넘기고 주위 다락논의 개구리들은 휘모리 자진모리 등 걸쭉하고 구슬픈 판소리를 한다. 검정 고무신은 묵언하고 나뭇잎 하나 내려와 만다라를 돋을새김한다. 인위란 없다. 만다라란 이런 자연적 조화의 세계라고 시인은 말하고 있다. 아니 말해주는 것이 아니라 보여준다. 수준 높은 경지다. 작품「풍경」은 마치 동시 같은 느낌이 든다. 처마 끝에 매달려 소리를 내고 있는 등 푸른 물고기는 그가 살던 고향바다가 그리워서 햇볕과 바람이 아무리 달래어도 야위어 간다고 노래한다. 불교적 소재로 노래해도 불교적 세계를 관념적으로 노래하지 않고 오로지 자연의 풍경을 통해 느끼게 할 뿐이다. 보통 시에서 종교적 색채가 강할 때 독자에게 좋은 시로 읽혀지게 하는데 오히려 방해가 된다. 그것을 잘 아는 이 시인은 풍경을 끌어들여 자연스레 느낄 수 있도록 하여 그런 관념화를 방어해낸다. 도처에 불교적 관점에서 빚어지는 시조들이 이 시집에 적지 않다. 그의 평소 일상이 그렇다.

세 번째로 그는 자연주의적 시조를 쓴다. 좁게 얘기하면 농경 정서의 시조를 쓰는 시인이다.

콩밭에 이웃사촌 달갑잖은 도꼬마리
옷자락에 찰싹 붙어 온데 따라다닌다.
가을 볕 고추 따러 갔다가
무밭으로 배추밭으로

땀내 나는 수건으로 아무리 두들겨도
안방까지 끈질기게 따라오는 요녀석을
오늘밤 한 번 해 볼 겨

너 죽고 나 살고

- ⑦「풀씨」전문

절벽을 기대고 홀로 핀 동강 할미꽃
전사한 자식을 가슴에 묻고 사는
외할매
외할매 닮은
저기 저, 잉크 빛 상처

슬프다 푸르디 푸른 저 눈물샘 어쩌랴
날마다 한숨지우며 서럽게 훌쩍이는
내 맘 속, 빛바랜 사진 한 장
쪽진 머리 정갈한 모습

- ⑧「동강 할미꽃」전문

환기를 시키려고 유리창을 열었다
바람꽃 한 잎 두 잎 자진해 출두하고
책상 위 퇴고한 시들이
손뼉 치며 뛰어 다닌다

베란다 수선화는 부끄러워 고개 숙였다
종이컵은 엎어져 대동여지도 그리는데
지금 막 샤워를 한 걸레가

"왜 나는 휴식도 없니?"

- ⑨ 「봄날」 전문

　인용한 3편이 앞서 말한 친자연주의 작품이다. 이런 시인의 태도는 이 시집의 전편에 깔려있는 정서다. 인용한 「풀씨」를 살펴보자. 도꼬마리는 우리나라의 들판에 널리 퍼져있는 식물이다. 특히 열매 바깥에 갈고리 모양의 가시가 있어서 사람의 옷이나 짐승의 털에 잘 붙어 쉽게 떨어지지 않는다. 밭고랑이나 언덕에서 다른 농작물을 갈무리 하다가 쉽게 도꼬마리 가시에 찔리고 또 옷에 붙는다. 그러나 이 시조에서는 집 안방까지 따라온 도꼬마리를 가까운 친구처럼 농조로 표현하며 오히려 애정을 담아낸다. 「동강 할미꽃」의 경우 전사한 자식을 가슴에 묻고 사는 외할머니를 연상시킨다. 비가의 한 모습이다. 이 시인은 대체로 대상을 노래 할 때 어둡게 묘사하지 않는 편이다. 작품⑨와 같이 밝고 유머스럽게 그린다. 그의 봄은 바람꽃이 피고 퇴고한 시들이 손뼉 치며 뛰어 다니고 베란다 수선화가 피어있고 덤벙거리다 종이컵을 쏟은 환한 풍경이다. 비단 「봄날」 뿐 아니라 「함안댁 책가방」에서도 밝음을 읽어내고 「친애하는 순남씨」한테도 늘 밝음을 읽어 내는 소박한 시인이다. 그의 이런 맑은 시심은 식물성 취향, 자연주의 취향의 심성에서 나오는 것이 아닐까 생각한다.

마지막으로 그는 가식없는 생활시를 쓰는 시인이다. 누구나 주로 자신의 생활현장에서 시를 발견해낸다. 그러나 이금진 시인처럼 꾸밈없이 선한 마음으로 노래하는 시인을 나는 본적이 없다. 그런 의미에서 그의 시조는 생활시의 한 전범이라 할 만하다.

　　종처럼 부려먹던 10년 지기 하얀 애마
　　말발굽이 닳고 닳아 아프다고 절뚝거려
　　통장에 잔고를 털어 갈아준 네 발굽

　　까만 새 구두가 좋아 천방지축 날뛴다
　　행여나 사고 낼까 고삐를 당겨본다
　　두 켤레 신발 선물에
　　복종하는 늙은 애마

　　오늘은 아침부터 봄바람 났는지
　　꽃구경 가고 싶다 자꾸자꾸 보챈다
　　씽 씽 씽 매화꽃 보러
　　광양으로 달려간다
　　　　　　　　　　　　　　　　－ ⑩「중고차」전문

　　순간에 날아온 카톡의 한 말씀
　　"그대를 사랑합니다" 이 황홀한 거짓말은

그 여자, 머그잔에서
참말인 듯 속삭입니다

남몰래 생긴 새로운 배후 때문에
설거지, 청소기, 세탁기 돌리는 것
모두가 신나고 즐겁고
싱숭생숭합니다

누구나 착각은 못 말리는 자유입니다
언제부턴가 내일을 기다리는 순진한
그 여자, 삼박자 커피맛
오늘따라 달달합니다

- ⑪「모닝커피」전문

축담 위 진흙 묻은 신발 두 짝 벗어 놓고
흰 국화 이슬 맺힌 꽃 길 따라 먼 데 가신
그 분의 산 아래 천수답은
노란색 민들레 마을

제비꽃은 씨방자루 둘러메고 섰는데
칡나무 꽃등을 들고 어서 오라고 손짓하는
그 틈새 해바라기하는
여벌 달 윤오월

- ⑫「윤오월」전문

활처럼 등이 굽은 달동네 염씨 노인

삐거덕 손때 묻어 골동품 된 리어카에

공들여 천불천탑 쌓듯 파지탑을 쌓고 있다

하루치 노동의 대가 새털처럼 가볍지만

북에다 두고 온 복사꽃 아내 생각에

은행문 드나들면서 날숨 쉬고 있다

분단 척추 나사못으로 곧추세운 날이 오면

고향 가는 새벽기차 한걸음에 달려가리

하늘엔 어머님 뵌 듯

봉긋 오른 하얀 반달

- ⑬ 「염씨 노인」 전문

　작품⑩에서 화자는 〈자가용〉을 애마에 비유한다. 그래
서 타이어는 말발굽이 된다. 그리고 세세한 사연을 엮어
서 이 시조를 읽는 독자에게 즐거움을 선사한다. 작품⑪
은 모닝커피를 마시며 의례적인 인사라도 후배로부터 날
아 온 카톡의 한 마디 "사랑합니다"를 되새기며 반복되는
가사에도 생기를 찾는 모습을 밝고 흥겹게 그리고 있다.
작품⑫는 봄의 정경을 먼저 간 그리운 사람을 생각하며
슬프고 아름답게 묘사한 시조다. 또 ⑬은 실향민 염씨 노
인의 건실하고 힘든 삶을 슬프지만 건강하게 노래한 작

품이다. 그는 이처럼 그의 모든 생활현장이 시조의 소재가 된다. 그 현장의 모습을 애둘러 표현하지도 않는다. 그러나 그의 마음이 움직여 쓴 작품들은 하나의 세계를 제시하며 시를 읽는 재미를 느끼게 한다.

3.

시란 무엇일까?

수많은 사람들이 여러 정의를 내어 놓았지만 나는 두 사람의 정의에 특히 귀를 기울이고 있다. 공자는 사악함이 없는 것이 시라고 했다. 그리고 릴케는 시는 체험의 산물이라고 했다. 시라는 장르는 물론 정의 할 수 없을 만큼 변화무상하다. 그래서 시의 정의의 역사는 오류의 역사라고 말한다. 그럼에도 불구하고 공자와 릴케의 정의를 다시 떠올리는 것은 오래 시를 써 온 나의 경험에 비추어 볼 때 가장 명언이기 때문이기도 하고 이금진 시인의 시를 이해하는데 중요하기 때문이다. 좋은 시는 선한 마음이 아니면 쓰기가 어렵고 좋은 시는 체험이 큰 역할을 한다는 사실은 진리이며 금언이다. 이금진 시인은 이 금언에 가장 충실한 시인이라고 나는 읽었다. 그의 시조들은 가식 없는 마음과 긍정적인 가치관까지 스미어 있다. 세상에는 온갖 표현의 옷을 입고 끊임없는 시도를 하고 있는 다양한 시들이 있다. 그래서 예술은 새로워야 한다는 명제를 들고 귀한 대접을 받는 경우가 많다. 설사 그렇다

하더라도 진정성이 없는 시라면 금방 사라지고 말 것이다. 저 고조선의 [공무도하가]나 고려시대의 [가시리]나, 조선의 황진이 시조가 우리의 가슴을 울리는 것은 진정성이 있는 서정의 힘 때문이다. 앞서 거론한 바와 같은 4가지 특성인 가족애적 사랑이나 불교적 사랑이나 친자연적 정서나 생활 속의 정서는 이 시인의 소중한 자산이라 생각된다. 그러한 정서가 고전적 조화와 절제 미학 속에 새롭게 피어나서 우리 시조시단의 한 개성이 되기를 바라면서 첫 시집 발간을 축하한다.